나를 만나는 기적의 명작 필사 2

라틴어 학교 학생

나를 만나는 기적의 명작 필사 2

라틴어 학교 학생

헤르만 헤세 지음

임호일 옮김

"나를 만나는 기적의 명작 필사"를 시작하며

"필사는 손으로 읽는 깊이 있는 독서법입니다"

자극적인 이미지나 영상이 넘쳐나서 피로해진 시대에 필사는 고요하면서도 치열하고, 간단하면서도 깊이가 있습니다. 그래서 필사는 힐링이며 명상이고, 취미이며 수행입니다.

좋은 글을 소리 내서 읽고 천천히 필사를 하면 긴장과 스트레스가 풀리며 마음이 차분히 가라앉아 힐링과 명상의 효과를 느낄 수 있습니다. 일정한 시간을 정해 꾸준히 필사를 하면 좋은 습관과 견디는 힘을 기를 수 있으며, 마음에 충족감과 성취감을 느끼게 하고, 향상심을 기를 수 있습니다.

긴 글을 필사하면 글을 곱씹어 보는 맛이 있으며, 내용을 더 깊이 이해하게 되고, 문장력과 문해력, 글쓰기 능력이 좋아집니다. 주제와 의도 그리고 감정을 직접적으로 말하지 않고 '생략'하거나 '돌려서' 말하는 '문학 작품'을 필사하면 자신과 인간과 세상에 대한 이해력과 지혜와 통찰력을 기를 수 있습니다.

" 천천히 정성껏 써 보세요 "

　독서할 시간이 넉넉하지 않아도 괜찮습니다. 하루 5분으로 시작하여, 시간과 장소를 정해 꾸준히 필사해 보세요. 휴대하고 다니면서 자투리 시간에 필사를 해도 좋습니다.

　필사를 하기 전에 소리 내서 읽고, 외워서 옮겨 써 보세요. 문장이나 구 단위로, 또는 외울 수 있는 만큼 외워서 쓰면 기억력 향상에 도움이 됩니다.

　목적을 정해 필사해 보세요. 필체 교정을 위해서, 침착함과 끈기를 기르기 위해서, 좋은 습관을 기르기 위해서, 오락과 몰입의 즐거움을 위해서, 글을 꼼꼼하게 읽기 위해서 등등 목적을 정하면 필사 시간이 더 뜻있게 다가옵니다.

　본문 여백에는 의미 있는 부분을 옮겨 쓰거나 자기 생각을 덧붙여 써 보세요. 글쓰기 능력을 기를 수 있습니다.

" 풍요롭고 성스러운 사랑의 이야기를 써 보세요 "

　헤르만 헤세의 「라틴어 학교 학생」은 열여섯 살 난 소년 카를과 하녀들의 삶과 사랑에 관한 이야기입니다. 이 작품을 필사하다 보면 사춘기 소년의 세계를 이해하게 되고, 풍요롭고 성스러운 사랑의 의미를 발견하는 즐거움을 느끼게 될 것입니다. 또한 순박하고도 척박한 민중의 세계를 간접 체험하면서 잔잔한 감동도 맛보게 될 것입니다.

집들이 빽빽하게 들어선 오래된 소도시 한가운데 엄청나게 큰 건물이 한 채 우뚝 서 있다. 조그만 창문이 여러 개 달려 있고, 하도 짓밟혀서 초라해진 현관과 계단이 때로는 고색창연해 보이는가 하면, 때로는 우스꽝스럽게 보이기도 한다. 이 건물을 바라볼 때마다 어린 카를 바우어도 바로 그런 느낌을 받았다. 그는 열여섯 살 학생으로 아침과 점심에 책가방을 들고 매일 이 건물을 드나들었다. 그는 아름답고 명쾌하고 간계가 없는 라틴어와 옛 독일 작가들에 대해서는 즐겨 공부했지만, 어려운 그리스어와 대수학에는 골치를 앓았다. 이 과목들은 그가 일 학년 때 그랬던 것처럼 삼 학년이 되어서도 전혀 마음에 들지 않았다. 마찬가지로 허연 수염을 기른 나이 많은 몇몇 선생님들은 호감이 갔지만, 젊은 선생님 몇몇은 그에게 고통을 주는 존재였다.

이 학교에서 그리 멀지 않은 곳에 아주 오래된 상점이 하나 있었는데, 이 상점의 거무죽죽하고 습기 찬 계단에 올라서면 늘 열려 있는 문으로 끊임없이 사람들이 드나들었다. 캄캄한 현관에서는 알코올과 석유 그리고 치즈 냄새가 진동했다. 카를은 어두운 이 현관에 익숙했다. 그도 그럴 것이 이 집 위층에 그가 기거하는 방이 있었기 때문이다. 그는 상점 주인의 어머니에게 하숙하고 있었다. 아래층은 어두웠지만 위층은 무척 환했고, 전망이 확 트여 있었다. 날씨만 좋으면 이곳은 햇볕이 들고, 도시 전체를 거의 다 내다볼 수 있었다. 카를과 주인아주머니는 눈에 보이는 이 도시의 지붕들을 거의 다 알고 있었을 뿐만 아니라, 그 이름도 훤히 꿰고 있었다.

 상점에는 양질의 식자재들이 엄청나게 쌓여 있었는데, 이것 중에서 가파른 계단을 올라와 카를 바우어에게 제공되는 것은 별로 없었다. 늙은 하숙집 여주인 쿠스터러 부인이 차리는 식탁은 항상 그렇게 초라해서 카를 바우어는 배불리 먹어 본 적이 한 번도 없었다. 음식 문제만 빼놓으면 그녀와 그는 사이가 아주 좋았다. 그의 방에서 그는 성에 사는 영주 못지않게 자유로웠다. 거기서 그는 아무런 방해도 받지 않고 자기가 하고 싶은 것은 무엇이든 할 수 있었다.

그는 자기 방에다 온갖 것을 다 벌려 놨다. 새장에 든 두 마리의 박새는 별도로 치더라도, 그는 방에다 조그만 대장간 시설을 만들어 놓고 노에다 납과 주석을 녹여 무언가를 주조하기도 했다. 여름이면 철망 속에다 발 없는 도마뱀과 발 달린 도마뱀을 길렀는데, 이것들은 갇힌 지 얼마 되지 않아 철망에 구멍을 뚫고 도망해 버리기 일쑤였다. 그 밖에 그는 바이올린도 가지고 있었는데, 책을 읽지 않거나 공예 작업을 하지 않을 때면 어김없이, 밤낮을 가리지 않고 바이올린을 켰다.

이렇게 이 학생은 날마다 즐겁게 시간을 보내면서 한 번도 지루한 적이 없었다. 게다가 그에게는 책이 없을 때가 없었다. 그는 읽고 싶은 책이 보이면 당장 그 책을 대출해 왔기 때문이다. 그는 많은 양의 책을 읽지만 아무 책이나 읽지는 않았다. 그가 무엇보다도 즐겨 읽는 책은 동화집과 설화집, 운문 비극 같은 것들이었다.

이 모든 게 그를 만족시켜 주었지만, 그의 허기를 달래 주지는 못했다. 그는 배에서 쪼르륵 소리가 날 정도로 배가 몹시 고픈 날이면 거무죽죽하고 낡은 계단을 족제비처럼 살금살금 기어 내려가 석조 현관으로 갔다. 상점에서 새어 나오는 빛이 희미하게 비쳐 오는 이곳에 높다랗게 세워 놓은 빈 상자에 이따금 고급 치즈가 남아 있거나, 문 옆에 놓여 있는 뚜껑 열린 작은 통에 훈제 청어가 반쯤 들어 있기도 했다. 운이 좋은 날이거나, 카를이 일을 거들어 준다는 구실로 용감하게 상점으로 직접 들어가는 날이면 종종 말린 자두와 잘게 썬 배 따위를 몇 움큼씩 주머니에 집어넣을 수도 있었다.

하지만 그는 소유욕 때문에, 또는 양심의 가책을 느끼며 이런 짓을 하는 것이 아니라, 배고픈 자의 악의 없는 심정에서, 사람에 대한 두려움을 모르고 위험에 뛰어드는 일을 자랑스럽게 여기는 콧대 높은 대도의 심정으로 이런 짓을 했다. 늙은 하숙집 아주머니가 그에게 인색하게 굴어서 남긴 것, 그녀 아들의 보물 창고에 넘쳐나는 것, 이런 것을 빼앗아 오는 일은 그의 생각에 도덕적 세계 질서의 계율에는 전혀 어긋나는 일이 아니었다.

이런 여러 가지 습관과 일 그리고 취미는 저 전능한 학교와 더불어 카를 바우어의 시간과 생각을 충분히 채워 줄 수 있을 것 같았지만, 그는 아직도 그것들로 만족하지 못했다. 학우들의 흉내를 내느라고 그랬는지, 아니면 심미적 자양분이 되는 독서의 결과 때문인지, 그것도 아니면 스스로 마음이 끌려서인지는 몰라도 그는 그 무렵 처음으로 연애라는 아름답고 신비로운 세계에 발을 내디뎠다. 그런데 그 당시 자신의 구애와 노력이 실제로는 결코 결실을 얻을 수 없을 거라는 점을, 그는 뻔히 알고 있었기 때문에, 별 스스럼없이 그 도시에서 가장 예쁜 처녀를 찍었다. 그녀는 부잣집 딸인데다가 화려한 옷치장으로 동년배의 다른 처녀들과는 비교도 안 될 정도로 돋보였다. 카를 학생은 매일 그녀의 집 앞을 지나다니면서, 그녀를 만날 때마다 교장 선생님을 만나기라도 한 것처럼 모자를 벗고 깍듯이 인사했다.

상황이 이쯤 되었을 무렵, 아주 색다른 일이 우연히도 그의 삶으로 끼어들며 그의 삶에 새로운 문이 열리게 되었다.

✿ 학창 시절 내 모습은 어떠하였나요? 어떤 학생이었나요?

가을이 막바지에 달한 어느 날 저녁, 멀건 밀크 커피로는 배를 채울 수가 없어 카를은 허기를 달래기 위해 또다시 먹을 것을 찾아 나섰다. 그는 소리 없이 계단을 내려가 현관을 수색했다. 그곳에서 잠시 수색전을 펴던 중, 사기 접시 하나가 그의 눈에 들어왔다. 큼지막하고 빛깔 좋은 겨울 배 두 개가 네덜란드산 슬라이스 치즈와 함께 붉은 테두리를 한 접시에 놓여 있었다.

집주인의 식탁에 놓일 음식인데 하녀가 잠시 이곳에 보관해 두었을 거라는 것쯤은 배고픈 그도 능히 짐작할 수 있을 터였다. 그러나 예기치 않은 광경에 눈이 뒤집힌 그는 자비로운 운명이 그에게 내려 준 절호의 기회라는 생각부터 하게 되었다. 그는 감사의 뜻을 표하고 그 선물을 자기 주머니에 쑤셔 넣었다.

그러나 그가 막 그곳을 떠나려는 찰나에 손에 촛불을 들고 지하실 문에서 나온 하녀 바베트가 무뢰한을 발견하고는 깜짝 놀랐다. 카를은 그녀가 부드러운 슬리퍼를 신고 소리 없이 나타났기 때문에 미처 몸을 피하지 못했다. 젊은 도둑의 손에는 아직 치즈가 들려 있었다. 그는 꼼짝 못 하고 그 자리에 서서 바닥만 내려다보았다.

심장이 갈가리 찢기는 듯했고, 창피한 마음에 쥐구멍이라도 찾고 싶었다. 두 사람은 촛불이 비추는 한가운데 마주 서 있었다. 이제까지 용감한 소년의 삶에서 지금보다 더 고통스러운 순간은 있었지만 이보다 더 치욕적인 순간은 절대 없었다.

"아니, 이게 무슨 짓이야!"

 바베트가 드디어 입을 열더니 후회막심해하고 있는 침입자를 살인범이라도 대하듯 뚫어지게 노려보았다. 카를은 아무 소리도 못 하고 서 있었다.

"정말 큰일 났네!"

 그녀가 다시 말했다.

"그래, 넌 그게 도둑질이라는 걸 모르니?"

"아니, 알아요."

"나 원 참 기가 막혀서. 어떻게 이런 짓을 할 생각을 했니?"

"이게 그냥 여기 있어서. 바베트 아줌마, 난 이게……."

"이게 어떻다는 거야?"

"배가 너무 고파서……."

 이 말을 듣자 나이 든 하녀의 눈이 휘둥그레졌다.

그녀는 이 불쌍한 학생의 처지를 충분히 이해할 수 있다는 표정을 지으면서 놀라움과 연민에 가득 찬 눈으로 그를 바라보았다.

"배가 고프다고? 도대체 위에서 먹을 걸 제대로 주지 않는 거니?"

"조금. 바베트 아줌마, 조금밖에 안 줘요."

"어머, 그래? 알았어. 그럼 됐어. 주머니에 넣은 거 가져가. 그리고 치즈도 그냥 갖고 가. 그런 거 이 집에 아직 많아. 난 이제 올라가 봐야 할 것 같다. 아니면 누가 내려올지도 몰라."

카를은 야릇한 기분에 젖어 자기 방으로 돌아왔다. 그는 생각에 잠긴 채 네덜란드산 치즈를 먼저 먹고 다음에 배를 먹었다. 다 먹고 나자 마음이 홀가분해졌다. 그는 크게 한번 숨을 쉬고는 기지개를 켠 후 바이올린으로 감사의 찬미가 한 소절을 연주했다. 연주를 막 끝내려는데 나직하게 노크 소리가 들렸다. 문을 여는데 바베트가 문 앞에 서 있었다. 그녀는 버터를 아낌없이 바른 큼지막한 빵을 그에게 내밀었다.

내심 말할 수 없이 기뻤는데도 그가 정중하게 이를 거절하려고 하자 그녀는 막무가내였다. 그는 못 이기는 체하고 그걸 받아 들었다.

"바이올린 정말 잘 켜던데."

그녀가 감탄하며 말했다.

"바이올린 켜는 소리 자주 들었어. 그리고 먹을 거 말인데, 내가 챙겨 줄게. 저녁마다 너한테 먹을 거 갖다 줄 테니 아무에게도 말하지 말고. 너의 아버지가 하숙비를 충분히 내는 걸로 아는데, 왜 그 여자가 그렇게 박하게 구는지 모르겠네."

소년은 머뭇거리며 감사의 마음을 전하고, 다시 사양하려 했으나 그녀가 들은 척도 안 하자 이번에도 못 이기는 듯이 그녀의 뜻에 따르기로 했다. 그리하여 그들은 다음과 같은 협약을 맺었다. 카를이 배가 고파 돌아오는 날에는 계단에서 〈황금빛 저녁놀〉이란 곡을 휘파람으로 분다. 그러면 그녀가 먹을 걸 가져오고, 그렇지 않고 그가 다른 곡을 휘파람으로 불거나 아예 아무 소리도 내지 않으면 음식을 가져오지 않아도 된다는 것이다. 후회와 감사의 마음으로 그는 그녀의 넓적한 오른손을 향해 손을 내밀었다. 그녀는 소년의 손을 힘껏 잡는 것으로 협약의 조인을 대신했다.

그 시간 이후로 이 라틴어 학교 학생은 마음씨 좋은 한 여인의 진심 어린 관심과 보살핌을 받게 되었다. 그는 기쁘고도 가슴 뭉클할 정도로 감격했다. 그도 그럴 것이 부모가 모두 시골에 살고 있었기 때문에 고향에서 지내던 어린 시절을 제외하면 그는 일찍부터 하숙 생활을 할 수밖에 없었다. 이제 그는 종종 고향에서 지내던 시절을 상기하게 되었다. 왜냐하면 바베트가 마치 어머니처럼 그에게 극진히 신경을 써 주고 아껴 주었기 때문이다. 그녀의 나이를 보면 그렇게도 할 만했다. 그녀는 마흔을 바라보는 나이에, 원래는 강철 같고 고집 세고 억센 여자였는데, 도둑질이 인연이 되어 뜻밖에 이 소년을 사랑스러운 친구로, 보호자로서 먹을 걸 챙겨 줄 수 있는 피보호자로 삼을 수 있게 되었기 때문이다. 지금까지 어둡고 경직된 마음의 심연 속에서 졸고 있던 그녀의 인자한 살신성인의 정신이 잠을 깨 환한 광명의 세계로 들어서게 된 것이다. 그녀의 성향은 이제 거의 소심하고 세심해지기까지 했다.

이런 변화는 카를의 일상을 편하게 해 주는 데 그치지 않고, 그를 한순간에 응석받이로 만들기도 했다. 어린애들이 흔히 그렇듯이 그는 바베트가 주는 것이면 그것이 귀한 것이든 아니든 가리지 않고, 이 모든 걸 자신이 응당 받을 권리가 있기라도 한 것처럼 스스럼없이 받아들였다. 그는 저 치욕적인 날, 지하실 문 앞에서 바베트와 처음 만난 치욕스러운 날이 채 며칠 지나지 않았는데도 그날을 깡그리 잊어버리고, 매일 저녁 계단에서 〈황금빛 저녁놀〉을 천연덕스럽게 불러 댔다. 마치 아무 일도 없었다는 듯이.

❀ 학창 시절 내가 기대하고 의지했던 사람은 누구인가요?

아무리 감사한 마음이 크더라도 바베트의 선행이 계속해서 음식에만 국한되었더라면 그녀에 대한 카를의 기억이 사라지지 않고 그렇게 오랫동안 생생하게 남아 있지는 않았을 거다. 청춘은 배가 고프다. 하지만 청춘은 그것 못지않게 꿈에 부풀기도 한다. 치즈나 햄, 아니 지하실의 과일이나 와인으로는 이 두 사람의 관계를 계속해서 따뜻하게 유지해 주지는 못했을 것이다.

바베트는 쿠스터러의 집에서만 없어서는 안 될 존재로 높이 평가받는 것이 아니라, 이웃 사람들 모두한테서도 탓할 데 없는 성실한 여자라는 소리를 듣고 있었다. 그녀가 함께하는 자리는 언제나 즐거움이 넘치되 난잡하지 않았다. 이웃 가정주부들도 이것을 잘 알고 있었다. 그래서 그네들은 자기 집 하녀가, 특히 젊을 경우, 그녀와 친하게 지내기를 바랐다. 그녀의 추천을 받는 사람은 어디서나 대환영이었으며, 그녀와 교분이 두터우면 하녀 클럽이나 처녀 클럽에서 추천받은 사람보다 더 좋은 평을 들었다.

일과가 끝나거나 일요일 오후가 되면 바베트는 혼자 있을 때가 드물었고, 항상 자기보다 어린 하녀들에게 둘러싸여 있었다. 그녀는 그들과 함께 시간을 보내면서 여러 가지 조언도 하고, 놀이도 하고, 노래도 부르고, 개그 문답과 수수께끼 풀이도 함께했다. 약혼자나 형제가 있는 경우에는 그들을 데려오는 것도 허용했다. 하지만 누군가를 데려오는 일은 아주 드물었다. 약혼한 처녀들은 대체로 곧 이 모임을 등한히 했고, 젊은 직공들과 하인들은 처녀들처럼 바베트와 친해지기가 그렇게 쉽지는 않았기 때문이다. 남녀 간의 불장난을 그녀는 허용하지 않았다. 자기의 총애를 받는 처녀가 그런 길로 빠지면 바베트는 엄하게 질책했고, 그래도 말을 안 들으면 그 처녀와 인연을 끊었다.

이 활기찬 처녀들의 모임에 그 라틴어 학교 학생이 손님으로 참가하게 되었다. 아마도 그는 학교에서보다도 이 모임에서 더 많은 것을 배웠을 것이다. 그는 자신이 참가했던 첫날 밤을 잊을 수가 없었다.

모임 장소는 뒤뜰이었다. 처녀들은 계단이나 빈 궤짝 같은 데 앉아 있었고, 사방에 어둠이 깔려 있었다. 그리고 위로는 사각형으로 잘린 밤하늘이 아직도 연푸른색을 띤 채 희미하고 부드럽게 흘러가고 있었다. 바베트는 반원형의 지하실 입구에 놓인 조그만 통 위에 앉아 있었고, 카를은 그녀 옆 문기둥에 몸을 기댄 채 겸연쩍게 서 있었다. 그는 희미한 불빛 속에 드러난 처녀들의 얼굴을 아무 말 없이 바라보고 있었다. 그 순간 그는 친구들이 자기가 이 모임에 참가했다는 소문을 전해 듣기라도 하면 무슨 말들을 할지 약간 걱정이 되기도 했다.
　아, 이 처녀들의 얼굴! 그가 보니 이들의 얼굴은 거의 모두가 낯익은 얼굴이었다. 그런데 희미한 불빛 속에 이렇게 모여 앉아 있는 걸 보니 완전히 다른 모습이었다. 이들은 무슨 수수께끼 속의 인물이라도 만난 것처럼 그를 뚫어지게 바라보고 있었다. 그는 오늘 이 시간까지도 그들의 이름과 얼굴을 모두 기억하고 있을 뿐 아니라, 그들의 과거지사도 더러는 알고 있다. 가지가지 과거들! 몇 년 안 되는 하녀 생활에서 얼마나 얄궂은 운명이, 얼마나 많은 우여곡절이 그들의 삶을 휘저었으며, 얼마나 지고한 우아함 또한 그들과 함께했던가!

초록 나무 집 안나도 와 있었다. 그녀는 아주 어린 나이에 처음 하녀 일을 시작할 무렵 도둑질을 해서 한 달간 감옥살이를 한 적이 있었는데, 그녀는 몇 년 전부터 개과천선해서 성실하고 정성껏 일했기 때문에 보배로 거듭났다. 그녀의 눈은 크고 갈색을 띠고 있었으며, 입은 퉁명스러워 보였다. 그녀는 말없이 그곳에 앉아 소년을 호기심 같기도 하고 덤덤해 보이기도 한 눈으로 바라보고 있었다. 그녀의 애인은 당시에 그녀의 전과에 관한 얘기를 듣고 그녀를 떠나 다른 여자와 결혼했다가 다시 독신으로 돌아왔다. 그런 그가 그녀에게 다가가 다시 손을 내밀었으나 그녀는 그의 손을 완강하게 뿌리쳤다. 속으로는 예전 못지않게 그를 사랑하고 있음에도 그녀는 그를 더 이상 아는 체하지 않았다.

꽃집에서 일하던 마르그레트는 항상 명랑하고, 노래도 잘 불렀다. 붉은색이 섞인 그녀의 블론드 머리카락은 윤기가 흘렀다. 그녀는 늘 옷을 깨끗하게 입고 다녔으며, 항상 예쁘고 상쾌한 것, 이를테면 푸른색 리본이라든가 꽃 몇 송이 같은 것을 몸에 지니고 다녔다. 하지만 돈은 좀처럼 쓰지 않고 잔돈까지 모두 고향의 의붓아버지에게 보냈다. 그런데 이 작자는 그 돈을 몽땅 술로 낭비하고는 고맙다는 인사도 하지 않았다.

그녀는 그 후 고달픈 삶을 살았다. 결혼에 실패하고 그 밖에 갖가지 역경과 고난을 겪었다. 그러다가 생활이 좀 피게 되자 그녀는 다시 예쁘고 깔끔하게 치장하고 다녔으며, 웃음도 되찾았다. 예전처럼 그렇게 자주 웃지는 않았지만 그럴수록 그녀는 더욱 아름다웠다.

너나없이 그들 거의 모두가 기쁜 일과 돈 그리고 친구는 적은데, 일거리와 근심거리 그리고 화나는 일은 많았다. 그들은 역경을 스스로 헤쳐 나가야 했기 때문에, 몇몇을 제외하고는 모두가 씩씩하고 강건한 여전사가 되어 있었다. 두세 시간밖에 안 되는 자유 시간이면 그들은 모여서 웃고, 유머를 즐기고, 노래를 불렀으며, 별것 아닌 것, 이를테면 한 줌의 호두나 빨간 리본 조각 따위를 가지고도 즐거워했다. 그네들은 잔혹한 고문 이야기를 들으면 끔찍해 몸을 떨면서도 재미있어했고, 슬픈 노래를 들으면 함께 노래하고 한숨 쉬며, 선량한 두 눈에서 커다란 눈물방울을 떨어뜨리기도 했다.

물론 그들 중 마음에 들지 않는 여자도 몇 명 있었다. 그들은 남의 흠 잡기를 좋아하고, 불평이 많고, 필요 이상으로 말을 많이 했다. 바베트는 필요한 경우 적시에 이런 여자들의 입을 막았다. 그러나 이런 여자들도 나름대로 고생이 심해 삶이 편하지는 않았다. 특히 주교가 모퉁이 집에서 일하는 그레트가 유난히 그랬다. 그녀의 삶은 편안치가 않았다. 그녀는 도덕심이 너무 강해서 심지어 처녀 클럽의 규범조차도 그녀에게는 경건하거나 엄격한 것이 아니었다. 귀에 거슬리는 소리를 들으면 그녀는 깊은 한숨을 쉬면서 입술을 깨물고 나직하게 말했다. '정의는 고난을 받게 마련이지.' 그녀는 매년 그렇게 고통스러운 삶을 영위하면서도 끝내 고집을 꺾지 않았다. 그러나 그녀는 자기 양말에 가득 모아 둔 돈을 셀 때면 감격해서 눈물을 흘렸다. 그 밖에도 그녀는 두 번이나 기능공과 결혼할 기회가 있었는데 두 번 다 그녀 쪽에서 거절했다. 한 사람은 탕아였고, 다른 한 사람은 너무 정직하고 고상해서 그의 곁에서는 한숨 쉴 일도 없고 투정 부릴 수도 없기 때문이었다.

이런저런 사정이 있는 여자들이 어두운 뒤뜰의 한구석에 모여 앉아 자기에게 일어났던 일들을 주고받으면서 이 밤엔 무슨 좋은 일, 기쁜 일이라도 생기기를 기대했다. 이들의 얘기와 행동이 처음에는 글 꽤나 읽은 소년에게는 별로 시답지 않게 생각되었으나, 곧이어 이질감이 사라지면서 거리낌이 없어지고 마음도 편안해졌다. 이제 그에게는 어둠 속에 쪼그리고 모여 앉은 처녀들의 모습이 무척이나 아름답고 진기해 보였다.

"그러니까 여기 이 사람이 그 라틴어 학교 학생이란다."

바베트가 카를을 소개하며 가엾게도 허기로 배를 곯던 그의 이야기를 꺼내려고 했으나 그가 애원하는 눈빛으로 그녀의 소매를 잡아당기자 고맙게도 그의 청을 들어주었다.

"그러면 학생은 엄청나게 많이 공부했겠네요?"

붉은빛 블론드 머리카락을 지닌 꽃집 마르그레트가 물었다. 그녀가 계속해서 질문했다.

"장차 대학에 가서는 무슨 공부를 할 거예요?"

"네, 그건 아직 결정하지 않았어요. 아마 의사가 될지 모르겠어요."

이 말에 여자들은 그가 존경스러웠던지 모두 그를 뚫어지게 쳐다봤다.

"그러면 먼저 콧수염부터 길러야겠네요."

약국집 레네가 말하자 좌중에 폭소가 터졌다. 한쪽에서는 나직하게 키득거리는 소리가 들리는가 하면, 다른 한쪽에서는 왁자지껄 한바탕 웃음보가 터졌다. 사방에서 어찌나 놀려 대든지 바베트가 도와주지 않았다면 그는 곤경에서 빠져나오지 못했을 것이다. 그들은 그에게 재미있는 이야기를 하나 해 달라고 했다. 그는 읽기는 많이 읽었지만 당장 생각나는 것은 무서움을 이겨 내는 사람에 관한 동화 한 편밖에 없었다. 그러나 그가 이야기를 시작하자마자 그녀들은 깔깔대며 외쳤다.

"그 이야기는 이미 알고 있어요."

주교가 모퉁이 집의 그레트가 경멸적인 어투로 말했다.

"그건 어린애들에게나 어울리는 이야기예요."

그는 이야기를 중단하고, 창피해서 어찌할 바를 몰라 했다. 그러자 바베트가 그를 대신해서 약속했다.

"다음번에 이 학생이 다른 이야기를 들려줄 거야. 이 학생은 집에 책이 무지하게 많이 있다고!"

그가 생각하기에도 맞는 말이었다. 그래서 그는 다음에는 그녀들을 진짜로 만족시켜 주기로 결심했다.

그사이 하늘에는 푸르스름한 마지막 잔광마저 사라지고, 어둠 속에서 별 하나가 떠올랐다.

"이제 너희들 집으로 돌아가야 할 것 같다."

바베트가 주의를 환기했다. 모두 자리에서 일어나 먼지를 털고 머리와 앞치마를 가지런히 하고 서로 인사를 나누며 헤어졌다. 어떤 사람은 뒤뜰 작은 문으로, 어떤 사람은 복도를 통해, 또 어떤 사람은 대문을 통해 사라졌다.

카를 바우어도 작별 인사를 하고 계단을 올라가서 자신의 방으로 갔다. 그는 이 밤이 만족스럽기도 했지만, 한편으로 그렇지 않은 것 같기도 하고, 무언가 애매한 기분이 들었다. 그는 젊은 객기와 라틴어 학교 학생 특유의 어눌함에서 자신이 벗어나지 못했다는 생각이 들었고, 새로 알게 된 이 처녀들은 자신과 다른 삶을 산다는 사실을 깨달았다. 이 처녀들은 거의 모두가 분주한 일상생활에 꽁꽁 묶여 있으며, 그가 알지 못하는 동화 속 세상처럼 낯선 세계에 사는 그녀들은 힘차게 살아가고 있었다.

다소 현학적인 망상에 사로잡힌 그는 이 순박한 삶의 흥미로운 시를, 태고의 민중 세계를, 척박한 삶의 세계를, 군가를 외쳐 대는 이 세계를 한번 깊이 들여다볼 생각이었다. 하지만 그는 이 세계가 자기가 사는 세계보다 어떤 점에서는 엄청나게 우월하다는 생각이 들면서, 이 세계에 점령당해 온갖 억압으로 곤욕을 치르게 되지나 않을까 걱정되었다.

그러나 그런 위험한 일은 당분간 일어나지 않을 것 같았다. 벌써 겨울이 바짝 다가온 탓에 하녀들의 저녁 모임도 점점 줄어들었고, 아직 날씨가 그렇게 춥지는 않지만 머지않아 언제고 눈이 내릴 것이라는 생각도 들었기 때문이다. 그건 그렇고, 카를은 바베트가 그를 대신해서 약속한 이야기의 부담에서 벗어날 기회를 얻게 되었다. 이번 것은 『보석상자』에서 읽은 춘델하이너와 춘델프리더에 관한 이야기였다. 이 이야기는 열광적인 갈채를 받았다. 끝부분의 도덕에 관한 내용은 그가 일부러 생략했는데, 바베트가 그럴 필요를 느꼈던지 그녀 재량껏 첨가했다. 그레트를 제외한 하녀 모두가 이야기꾼에 대해 칭찬을 아끼지 않았고, 번갈아 가며 주요 대목을 반복하기도 했다.

그녀들은 그에게 다음에 또 그런 재미있는 이야기를 해 달라고 부탁했다. 그도 그렇게 하겠노라고 약속했는데 그다음 날부터 이미 날씨가 너무 추워져서 밖에서 모인다는 것은 생각도 할 수 없게 되었다. 그 후 성탄절이 가까워지면서 그는 다른 생각과 즐거움에 빠져들었다.

매일 밤 그는 아버지에게 선물할 담배 케이스를 깎았고, 거기다 라틴어로 된 시구를 새겨 넣으려고 했다. 그런데 글씨체가 영 고전적인 품위를 드러내지 못했다. 라틴어 이행시의 분위기를 제대로 살리려면 글씨체가 이를 받쳐 줘야 하는데 말이다. 하는 수 없이 그는 담배 케이스 뚜껑에다 '담배 맛 즐기세요'라는 글자를 장식용 서체로 큼지막하게 적고, 글자의 선을 따라 끌로 판 뒤 홈을 경석 가루로 메꾸었다. 그런 다음 담배 케이스에 왁스를 발라 반짝반짝 윤을 냈다. 이 작업을 끝낸 그는 유쾌한 기분으로 방학을 맞았다.

✿ 어떤 대상에게 호감 또는 비호감을 느끼나요?

일월의 날씨는 청명하고 추웠다. 카를은 틈만 나면 스케이트장을 찾았다. 그러던 어느 날 예쁜 부잣집 처녀에 대해 품고 있던 그의 연정이, 가능성 없다고 생각하면서도 어느 정도는 미련이 남아 있던 그의 연정이 끝내 사라지고 말았다. 그의 친구들은 온갖 사소한 기사도 정신을 발휘하며 그녀의 주위를 맴돌고 있었다. 그는 그녀가 이 아이, 저 아이를 가리지 않고 매번 냉담하게 대하는 것을 보았다. 상대를 해 준댔자 그녀가 그들에게 보여 주는 정중함과 애교는 고작 짓궂은 장난에 불과했다. 그런 상황을 잘 알면서도 그는 한 번 대시해 보기로 작정하고, 그녀에게 함께 스케이트를 타지 않겠느냐고 말을 건네 보았다. 드러나게 얼굴을 붉히거나 말을 더듬거리지는 않았는데 가슴이 몇 차례 두근거리기는 했다. 그녀는 부드러운 가죽 장갑을 낀 조그만 왼손으로 추워서 빨개진 그의 오른손을 잡고 그와 함께 스케이트를 타고 달렸다. 그러나 품위 있는 대화에 속수무책인 그의 모습에 재미있다는 표정을 감추지 못하던 그녀는 결국 감사하다는 말을 건성으로 내뱉고 고개를 한번 까딱하더니 그의 곁을 떠났다.

곧이어 그는 그녀가 자기 친구들과 함께 낄낄거리며 빈정대는 소리를 들었다. 그들 중 몇몇은 교활한 시선으로 그를 힐끔힐끔 쳐다봤다. 흔히 예쁘장하고 버릇없는 계집애들이 해대는 행동거지였다.

그에게는 무척 자존심이 상하고 분통이 터지는 일이었다. 그날 이후로, 애초부터 이루어질 수 없었던 망상인 그녀의 생각을 완전히 접어 버리고, 그 깍쟁이와는 ― 그는 그녀를 이렇게 불렀다 ― 스케이트장에서 만나든 거리에서 만나든 전혀 아는 체하지 않기로 마음먹었다.

너절하기 이를 데 없는 품위, 무가치한 질곡에서 벗어난 기쁨을 만끽하고 배가시키기 위해 그는 밤이면 종종 용감무쌍한 친구들과 어울려 모험의 세계에 뛰어들었다. 그는 이들과 함께 경찰을 놀려 대기도 하고, 불이 켜진 건물 일층의 창문을 두드리기도 했으며, 종의 줄을 잡아당겨도 보고, 초인종 버튼에다 성냥개비를 끼워 고정해 놓기도 하고, 집 지키는 개들을 미쳐 날뛰게 만들기도 하고, 외진 골목에서는 휘파람을 불거나 호두를 깨물거나 화약을 터뜨려 아낙네들을 놀라게도 했다.

카를 바우어는 겨울밤 어둠을 틈타서 벌이는 이런 장난에 한동안 무척이나 재미를 느꼈다. 유쾌한 자만심과 동시에 가슴 졸이는 체험 욕구가 그를 거칠고 뻔뻔스럽게 만들었으며, 이런 장난을 칠 때마다 그의 가슴은 더없는 기쁨으로 요동쳤다. 이러한 멋진 쾌감에 도취해 그는 이 쾌감을 누구에게도 알리지 않고 혼자서 만끽했다. 그런 장난 뒤에는 집에 돌아와 늦게까지 바이올린을 켜고 흥미진진한 책들을 읽었다. 그때마다 그는 자신이 노획물을 들고 집에 돌아와 피 묻은 큰 칼을 씻어서 벽에 걸어 놓은 다음 태연하게 장작에 불을 지피는 산적처럼 여겨졌다.

그러나 어둠 속에서 벌이던 재미있는 장난들도 매번 같은 양상으로 반복되고, 내심 기대했던 모험다운 모험은 한 번도 해 보지 못하자 그는 점점 흥미를 잃고 말았다. 자유분방한 친구들에게도 진력이 나서 그들과도 점점 거리를 두기 시작했다. 별로 내키지 않는 마음으로 마지막 어울린 어느 날 저녁, 그에게 한 사건이 벌어졌다.

사내아이들은 네 명이 짝을 지어 브뤼엘 골목을 휘젓고 다녔다. 그들은 작은 지팡이를 휘두르며 못된 짓을 모의하고 있었다. 한 명은 양철 테 코안경을 걸치고 있었고, 넷 모두가 하나같이 사내들 특유의 멋을 부린다고 모자를 삐딱하게 쓰고 있었다. 그때 한 하녀가 종종걸음으로 그들을 앞질러 갔다. 그녀는 손잡이가 달린 커다란 바구니를 팔에 끼고 있었는데, 바구니에서 검정 띠가 기다랗게 삐져나와 바람에 나부끼더니 땅에 끌렸다. 더러워진 띠의 끄트머리가 땅 위에서 이리저리 나뒹굴며 재미있게 춤을 췄다.

카를 바우어는 딱히 생각 없이 객기로 그 띠를 꽉 잡았다. 젊은 처자가 그것도 모르고 계속 걸어가는 동안 풀린 띠는 점점 더 길어졌다. 사내아이들은 그 광경이 재미있다고 폭소를 터뜨렸다. 그때 그 처녀가 돌아보더니 웃고 있는 사내아이들 쪽으로 번개같이 달려왔다. 블론드 머리에 예쁘장하고 젊은 그녀는 바우어의 뺨을 한 대 갈기고는 늘어진 띠를 얼른 주워 담고 잰걸음으로 사라졌다.

아이들의 조롱이 이번에는 모욕당한 자를 향했다. 그러나 카를은 아무 소리 없이 묵묵히 걷다가 모퉁이에 이르러 아이들에게 짧게 인사를 건네고 그들과 헤어졌다.

그는 이상한 생각이 들었다. 그 소녀, 어슴푸레한 골목에서 얼핏 한번 본 얼굴인데, 그녀가 아주 예쁘고 사랑스럽기만 했다. 그리고 무척이나 창피스러웠는데도, 그녀가 때린 뺨이 아픈 것이 아니라 후련했다. 하지만 자기가 사랑스러운 그녀에게 치기 어린 장난을 쳤다는 생각과 이제 그녀가 분노하고, 그를 철없는 개구쟁이로 여길 거라는 생각을 하면 후회스럽고 부끄러웠다.

그는 천천히 하숙집으로 돌아왔다. 기분이 울적해서 휘파람도 불지 않고 가파른 계단을 올라가 조용히 방으로 들어갔다. 반 시간가량 어둡고 차가운 유리창에 이마를 기대고 있던 그는 바이올린을 꺼내 들고 어린 시절에 즐겨 부르던 정감 어린 옛 노래들을 연주했다. 그가 사 오 년 이래로 한 번도 노래하거나 연주하지 않은 곡들도 있었다. 그는 고향에 있는 여동생과 정원, 마로니에 나무, 베란다의 붉은 장미와 어머니 생각이 났다. 그러다 마음이 어수선하고 피곤해져 침대로 갔으나 얼른 잠이 오지 않았다. 철없이 못된 장난에 끼어들고 동네 불량배 노릇을 자랑삼던 그가 조용히 나직하게 흐느끼기 시작했다. 소리 없이 그렇게 계속 울다가 잠이 들었다.

✿ 객기와 용기는 다른가요? 그렇다면 어떤 차이점이 있나요?

카를은 이제 야밤 배회 패거리들, 지금까지 한패였던 이들로부터 겁쟁이, 배신자란 소리를 듣게 되었다. 왜냐하면 그 이후로 그들과 일절 어울리지 않았기 때문이다. 그들과 어울리는 대신 그는 「돈 카를로스」를 읽었고, 에마누엘 가이벨의 시와 비에르나츠키의 『물에 잠기는 섬』을 읽었으며, 일기를 쓰기 시작했고, 마음씨 좋은 바베트의 도움도 가끔만 요청했다.

바베트는 이 젊은 친구에게 무슨 일이 일어난 게 틀림없다는 생각이 들었다. 어느 날 그녀는 그를 보살펴 주겠다고 약속한 바도 있고 그의 상태가 어떤지 살펴보기 위해 그의 방문을 두드렸다. 그녀는 먹음직스러운 리용산 소시지 한 개를 들고 와서 그녀가 보는 자리에서 먹어 치우라고 카를을 종용했다.

"아, 됐어요, 바베트 아줌마. 지금은 배가 안 고파요."

하지만 젊은이는 때를 가리지 않고 언제든 음식을 먹을 수 있다는 생각을 가진 그녀는 자기 뜻이 관철될 때까지 밀어붙였다.

그녀는 언젠가 라틴어 학교 학생들은 공부할 거리가 너무 많다는 소리를 들었는데, 자기가 보살펴 주는 이 학생이 공부와는 거리가 멀다는 것은 모르고 있었다. 눈에 띄게 식욕이 떨어진 카를이 병에 걸렸다고 생각한 그녀는 그의 건강 상태에 관해 꼬치꼬치 묻고는 솔직한 대답을 요구했다. 그러고는 마침내 항간에 정평 있기로 소문난 설사약을 그에게 가져다주었다. 카를이 한바탕 웃어 대며 자기는 정말 건강하고, 식욕이 떨어진 건 요즘 들어 어쩐지 기분이 좀 심란하기 때문이라고 설명했다. 그녀는 그의 심정을 바로 알아차렸다.

"요즈음은 휘파람도 거의 불지 않더니만."

그녀가 활기차게 웃으며 말했다.

"너희 집에 누가 죽은 것도 아닐 테고, 너 사랑에 빠진 거지?"

카를은 얼굴이 빨개지는 것을 감출 수 없었다. 하지만 그는 벌컥 화를 내며 바베트의 말에 쐐기를 박았다. 마음이 좀 심란하고 지루할 뿐 그것 말고 다른 일은 하나도 없다고 뻗댔다.

"그럼 내가 너한테 들려줄 말이 있어."

그녀가 명랑하게 말했다.

"내일 저 아래 모퉁이 집에서 일하는 꼬맹이 리스가 결혼해. 그 애는 한참 오래전에 어떤 노동자와 약혼했어. 생각해 보면 좀 더 돈 있는 남자와 만날 수도 있었지만, 사람이 좋아. 돈이 행복을 보장해 주는 건 아니잖아. 결혼식에 너도 와야 해. 너도 리스 잘 알잖아. 네가 체면 같은 거 생각하지 않고 참석해 주면 모두 좋아할 거야. 초록 나무 집 안나와 주교가 모퉁이 집 그레트도 올 거야. 그리고 나. 그 밖에는 올 사람이 별로 없어. 비용 때문에 마을 회관에서 조촐하게 치르기로 한 거지. 음식도 많지 않고, 댄스파티 같은 것도 없어. 그런 거 없어도 얼마든지 만족할 수 있어."

"하지만 난 초대도 받지 않은걸요."

카를이 뜻밖이라는 표정으로 말했다. 그런 자리에 가는 것이 별로 내키지 않기도 했다.

바베트는 그의 말을 바로 무시해 버렸다.

"아 그거, 그 문제는 내가 알아서 할게. 저녁 한두 시간만 짬을 내. 참, 좋은 생각이 떠올랐어! 네가 바이올린을 가져오는 거야. 바로 그거야! 괜히 쓸데없는 핑계 말고. 바이올린을 가져오라고. 그러면 흥도 나고, 모두 너에게 고마워할 거야."

잠시 생각에 잠기더니 그가 그렇게 하겠다고 대답했다.

다음 날 저녁 바베트가 그를 데리러 왔다. 그녀는 고이 간직해 온 예복, 그러니까 젊은 시절에 입었던 예복을 걸치고 왔는데, 옷이 꽉 죄어서 땀까지 흘렸는데 잔칫집에 갈 생각으로 흥분해 얼굴이 상기돼 있었다. 카를이 옷을 갈아입겠다고 하자, 그녀는 그냥 깃만 새것으로 갈면 된다며 그를 재촉했다. 예복 차림인데도 그녀는 먼지 묻은 카를의 장화를 솔로 털어 주었다.

두 사람은 함께 교외의 초라한 마을 회관으로 향했다. 신혼부부가 빌린 회관 객실에는 작은 방과 부엌이 딸려 있었다. 카를은 물론 바이올린을 가지고 갔다.

바베트와 카를은 조심스럽게 천천히 걸었다. 어제부터 눈이 녹아 땅이 질척거렸기 때문이다. 그들은 신발에 진흙을 묻히지 않고 식장에 들어서고 싶었다. 바베트는 엄청나게 큰 우산을 팔에 낀 채, 적갈색 치마를 양손으로 높이 치켜들었다. 카를은 그런 그녀가 못마땅했다. 그는 사람들이 보는 데서 그녀와 함께 걷는 것이 조금 창피했다.

신혼부부가 빌린 객실은 좀 누추하기는 했는데 흰 회칠이 되어 있었다. 전나무로 만든 식탁에 음식이 깔끔하게 차려져 있었는데, 식탁 주위로 신랑, 신부와 신랑의 동료 두 사람, 신부의 사촌과 친구 등 칠팔 명이 둘러앉아 있었다. 본 음식으로는 샐러드를 곁들인 구운 돼지고기가 나왔으나 그들이 들어섰을 때는 이미 식사가 다 끝난 뒤였다. 식탁 위에는 케이크가 놓여 있었고, 식탁 옆 바닥에는 커다란 맥주가 두 통 있었다. 바베트가 카를 바우어를 대동하고 들어서자 모두 자리에서 일어섰다. 신랑은 절을 두 번이나 깍듯이 했고, 인사와 소개는 말주변이 좋은 신부가 맡았다. 하객들은 한 사람 한 사람 모두가 두 사람과 악수했다.

"케이크들 드세요."

신부가 말했다.

신랑이 말없이 새 잔 두 개를 내밀고 맥주를 따랐다.

아직 등잔을 켜지 않았기 때문에 카를은 주교가의 그레트 말고는 아무도 알아볼 수 없었다. 그때 바베트가 눈짓해서 그는 그녀가 미리 종이에 싸 준 축의금을 신부의 손에 쥐여 주고 축하 인사를 건넸다. 그러고 나서 그는 권하는 대로 자신의 맥주잔을 앞에 놓고 앉았다.

그 순간 그는 깜짝 놀랐다. 얼마 전 브뤼엘 골목에서 그에게 따귀를 때린 소녀가 그의 옆자리에 앉아 있었기 때문이다. 하지만 그녀는 그를 알아보지 못했는지 아무렇지 않은 표정으로 그를 쳐다봤다. 그때 막 신랑이 건배 제의를 해서 서로 잔을 부딪쳤는데, 그녀도 친절하게 자기 잔을 그의 잔에 갖다 댔다. 그녀의 태도에 어느 정도 안심한 카를은 용기를 내어 그녀를 쳐다봤다. 그는 최근에 하루에도 몇 번씩 그녀의 얼굴을 떠올리며 그녀를 생각했다. 그 당시 그녀의 얼굴을 얼핏 보았을 뿐 그 후 한 번도 본 적이 없었다. 그는 그녀의 모습이 그때와는 완전히 달라 놀라지 않을 수 없었다. 그녀의 얼굴은 부드럽고 상냥해 보였으며, 몸매도 그가 상상했던 것 이상으로 날씬하고 가벼워 보였다. 그뿐 아니라 그녀는 상상했던 것보다 훨씬 예쁘고 매력적이었으며, 나이도 그와 엇비슷해 보였다.

다른 사람들은, 이를테면 바베트와 안나는 신이 나서 이야기를 활발하게 나누었는데, 카를은 무슨 말을 해야 할지 몰라 가만히 앉아서 그 금발 머리 소녀에게서 눈을 떼지 못한 채 술잔만 만지작거렸다.

그는 그 입술에 키스하고 싶은 생각을 얼마나 자주 했던가! 이런 생각을 하다 그는 내심 깜짝 놀랐다. 그도 그럴 것이 그녀를 오랫동안 쳐다보면 볼수록 그런 짓은 더욱더 어렵고 무모해 보였기 때문이다. 아니 그런 짓은 절대 불가능해 보였다.

그는 기가 꺾여 한동안 침울한 기분으로 가만히 앉아 있었다. 그때 바베트가 그에게 바이올린을 꺼내서 뭐라도 한번 연주해 보라고 외쳐 댔다. 소년은 못 한다고 얌전을 빼다가 곧 케이스에서 바이올린을 꺼내 현을 뜯으며 조율하고 나서 인기곡 하나를 켰다. 음정을 다소간 높게 잡았으나 곧 모두가 함께 노래를 불렀다.

그렇게 해서 얼음장 같던 분위기가 녹기 시작했다. 식탁 주위에는 온통 즐거움이 넘쳐흘렀다. 바닥에 세우는 등잔을 새롭게 마련해 기름을 채워 불을 켰다. 객실에는 노래가 연이어 울려 퍼졌다. 카를이 익혀 두었던 몇 개 안 되는 댄스곡 중 한 곡을 연주하자 세 쌍이 웃으며 일어나 비좁은 객실을 돌았다.

아홉 시가 가까워질 무렵 하객들이 자리에서 일어섰다. 금발 소녀는 한동안 카를과 바베트와 함께 같은 길을 걸었다. 카를은 용기를 내어 그녀에게 말을 걸었다.

"어디에서 일하세요?"

"상인 콜더러 씨 집이요. 소금 골목 모퉁이에 있는 집이에요."

"그렇군요. 그래요."

"네."

"네, 그 집 알고 있어요. 그러니까……."

카를은 더 이상 말을 잇지 못하다가 다시 용기를 내어 물었다.

"여기 사신 지 오래됐나요?"

"반년 됐어요."

"그런데, 전에 한 번 본 적이 있는 것 같아요."

"전 그쪽이 초면인데요."

"저녁에, 브뤼엘 골목에서, 아닌가요?"

"전혀 기억이 안 나는데요. 골목에서 만난 사람들을 모두 다 뚫어지게 쳐다볼 수는 없는 일 아니에요?"

그는 안도의 숨을 쉬었다. 그녀에게 용서를 빌려던 참이었는데 그녀가 자기를, 그 치한을 알아보지 못하는 것이 얼마나 다행스러운지 몰랐다. 그녀는 모퉁이에 다다르자 멈추며 작별 인사를 했다. 그녀는 바베트에게 악수를 청하고 나서 카를에게 말했다.

"안녕히 가세요, 학생 양반. 그리고 고마웠어요."

"뭐가 고마웠다는 거죠?"

"음악 연주요. 아름다운 음악 연주 말이에요. 그럼 두 분 안녕히 가세요."

그녀가 막 돌아서려는데 카를이 그녀에게 손을 내밀었다. 그녀는 얼른 악수하고 그들 곁을 떠났다.

집에 도착하여 그가 층계 입구에서 바베트에게 잘 자라는 인사를 하자 그녀가 물었다.

"재미있었어? 아니면 재미없었어?"

"좋았어요. 정말 근사했어요."

그가 행복에 젖어 대답했다. 그는 주위가 어두운 것이 천만다행이라고 생각했다. 그렇지 않았다면 그의 얼굴이 붉어진 게 드러날 것이 뻔했기 때문이다.

✿ 돈이 행복을 보장해 줄 수 있을까요?

낮이 길어지기 시작했다. 날씨가 점점 더 포근해지고, 하늘도 더 푸르러졌다. 후미진 도랑과 마당 구석의 오래된 희뿌연 얼음도 녹아 없어지고, 맑은 날 낮에는 벌써 이른 봄을 알리는 산들바람이 불었다.

바베트도 뒤뜰의 저녁 모임을 다시 열었다. 그녀는 날씨가 허락하는 한 지하실 입구에 앉아 그녀의 친구들, 어린 하녀들과 이야기를 나누었다. 카를은 그 모임에 별로 나가지 않았다. 그는 사랑의 꿈속을 헤매고 있었다. 방에 설치한 동물 우리도 돌보지 않고, 나무 깎는 일과 대패질도 멈춰 버렸다. 그 대신 엄청나게 크고 무거운 아령을 한 쌍 구해다 놓고, 바이올린으로 성이 차지 않을 때면, 지쳐서 녹초가 될 때까지 방에서 아령 운동을 했다.

그는 길거리에서 그 밝은 금발 소녀를 서너 번 봤는데, 볼 때마다 그녀는 더욱 사랑스럽고 예뻐 보였다. 하지만 그는 그녀와 더 이상 얘기를 나누지 못했고, 그럴 가능성도 없어 보였다.

그러던 어느 일요일 오후, 더 정확히 말해 삼월 첫째 일요일 오후였다. 그가 막 집을 나서는데, 뒤뜰 옆쪽에서 처녀들이 이야기하는 소리가 들려왔다. 그는 갑자기 호기심이 일어 문에 바짝 다가서서 문틈으로 바깥을 살펴봤다. 그레트와 꽃집의 명랑한 마르그레트가 앉아 있는 것이 보였고, 그녀들 뒤쪽으로는 밝은 금발 머리가 눈에 띄었다. 금발 머리는 그녀들의 머리보다 조금 솟아 있었다. 그녀는 바로 자기 여자, 금발 머리 티네였다. 기뻐 깜짝 놀란 그는 우선 심호흡부터 했다. 그리고 용기를 내어 문을 열고 그들이 있는 곳으로 갔다.

"우린 학생 양반이 그동안 혹시라도 거만해진 게 아닌가 했어요."

마르그레트가 소리치고 웃으면서 제일 먼저 손을 내밀었다. 바베트가 손가락질하며 그를 을러댔지만, 곧 자리를 내주면서 앉으라고 권했다. 여자들은 하던 이야기를 다시 계속했다. 자리에 앉아 있던 카를은 금방 일어나 몇 걸음 서성이다가 티네 옆에 멈춰 섰다.

"어, 아가씨도 왔네요?"

그가 나직하게 물었다.

"물론이죠. 왜, 오면 안 되나요? 난 언제고 그쪽이 한 번쯤 올 거라고 생각했어요. 하지만 항상 공부에만 매달려 있는 것 같더군요."

"공부가 그렇게 나쁜 것은 아니지요. 하지만 억지로라도 해야 해요. 아가씨가 이 모임에 온다는 걸 알았다면 나도 빠지지 않고 왔을 텐데요."

"아, 마음에도 없는 그런 말 하지 마세요."

"아니, 정말이에요. 진짜라니까요. 그때 결혼식에서 참 좋았어요."

"그래요, 정말 재미있었어요."

"아가씨가 거기 있었기 때문이에요. 그게 바로 큰 이유예요."

"그런 말 하지 말아요. 정말 농담도 잘 하시네."

"아니에요, 아니라고요. 나한테 너무 심술궂게 구는군요."

"뭐가 심술궂다는 말인가요?"

"아가씨를 끝내 못 보게 될까 봐 얼마나 걱정했는지 몰라요."

"그래요, 못 보게 되면 어떻게 할 생각이었어요?"

"그렇게 되면, 그다음은 내가 무슨 짓을 했을지 나도 모르겠어요. 아마 물속에라도 뛰어들었을 거예요."

"아, 어쩌나, 그러면 피부가 망가질 텐데. 온통 물에 젖어서 말이에요."

"그래요, 물론 아가씨에겐 그게 웃음거리밖에 안 됐겠지요."

"그럴 리가요. 하지만 그쪽 얘기가 내 머릿속을 온통 혼란스럽게 만드는군요. 조심하세요. 그렇지 않으면 내가 그쪽 말을 진담으로 받아들일지도 몰라요."

"진담으로 받아들여도 돼요. 허튼소리가 아니니까요."

그 순간 그레트가 신랄한 어조로 열을 올리며 말문을 열었기 때문에 그는 더 이상 말을 잇지 못했다. 그녀는 날카롭고 비탄에 찬 음성으로 어떤 고약한 주인에 관한 끔찍한 이야기를 꺼냈다. 이 작자는 하녀에게 먹을 것도 제대로 주지 않고 혹독하게 일을 시키다가 그녀가 병이 들자 남몰래 해고했다는 것이다.

그녀의 이야기가 끝나기 무섭게 처녀들이 소리 높여 힘차게 합창했는데, 노랫소리가 너무 크다는 생각이 들었는지 바베트가 합창을 제지했다. 티네 곁에 있던 처녀가 토론에 열중하느라고 티네의 허리를 잡고 있어서 카를 바우어는 그녀와 나누던 이야기를 계속할 수 없겠다는 생각이 들었다.

그녀에게 다시 말을 걸 기회가 오지 않았기 때문에 그는 그 뒤 거의 두 시간 가까이 끈기 있게 기다렸다. 이미 땅거미가 지고 날씨도 쌀쌀해졌기 때문에 마르그레트가 모두 집에 돌아가자고 했다. 카를은 짧게 작별 인사를 하고 서둘러 그곳을 떠났다.

십오 분가량 지났을 무렵 티네는 자기 집 근처에서 동행했던 마지막 친구와 헤어진 뒤 얼마 안 되는 거리를 혼자 걷고 있었다. 그때 단풍나무 뒤에서 갑자기 라틴어 학교 학생이 튀어나와 길을 막아선 채 그녀에게 수줍고 공손하게 인사를 했다. 그녀는 조금 놀라고 화난 표정으로 그를 쳐다봤다.

"이게 도대체 무슨 짓이에요?"

그러나 소년이 겁에 질려 얼굴이 창백해진 것을 보고는 표정을 한결 누그러뜨리며 부드러운 음성으로 말했다.

"말해 봐요, 무슨 일이에요?"

그는 심하게 말을 더듬거리면서 뭐라고 몇 마디 어물거렸다. 하지만 그녀는 그가 무슨 말을 하는지 알아들었으며, 그 말이 진심이라는 걸 간파했다. 소년이 이제 꼼짝없이 자기 수중에 들어왔다는 것을 눈치챈 순간 그녀는 그가 좀 안돼 보이기도 했지만, 다른 한편으로는 자신이 상대를 제압했다는 생각에 약간은 자랑스럽고 즐거운 마음도 들었다.

"바보 같은 짓 하지 말아요."

그녀가 다정하게 그를 타일렀다. 눈물을 참느라고 애쓰는 그의 음성을 들은 그녀가 몇 마디 덧붙였다.

"우리 다음에 만나 함께 얘기해요. 지금 난 집에 가야 해요. 마음 가라앉히고, 알았죠? 그럼 또 봐요!"

그녀는 고개를 끄덕이고 종종걸음으로 사라졌다. 그는 천천히 느린 걸음으로 발길을 옮겼다.

어둠이 짙어지더니 어느새 칠흑같이 깜깜한 밤이 왔다. 그는 한길과 광장을 거쳐 집들과 성벽, 정원 그리고 조용히 흐르는 샘물을 지나 교외의 들판으로 나갔다가 다시 시내로 돌아왔다. 이어서 시청 건물의 아치를 지나 윗동네에 있는 시장 광장으로 갔다. 이제 세상이 온통 알지 못할 동화의 나라로 변해 있었다. 그는 한 소녀를 사랑하게 된 것이다. 그가 그녀에게 자기 속내를 털어놨을 때 그녀는 다정하게 그를 향해 '또 봐요'라고 말하지 않았던가!

그는 오랫동안 정처 없이 이리저리 거닐었다. 날씨가 쌀쌀했기 때문에 양손을 바지 주머니에 넣었다. 그는 골목을 돌아설 무렵 주위를 둘러보고야 자기 동네에 와 있음을 알아차렸다. 그는 정신이 번쩍 들어 꿈에서 깨어났다. 늦은 저녁이었는데도 그는 큰 소리로 줄기차게 휘파람을 불었다. 휘파람 소리가 밤거리를 메아리치며 울리다가 쿠스터러 미망인의 서늘한 현관에서 비로소 멈췄다.

✿ 사랑은 무엇이며, 사랑은 어떻게 표현되나요?

티네는 일이 어떻게 될지 생각을 거듭해 보았다. 어찌 됐든 간에 기대감에 잔뜩 부풀어 달콤한 흥분 상태에 빠진 소년보다는 그녀가 더 많은 생각을 했다. 그녀는 이 일을 두고 오래 생각하면 할수록 그 예쁘장한 소년이 나무랄 데 없어 보였다. 그리고 한편 그렇게 멋지고 교양 있고 순진한 소년이 자기를 사랑한다는 생각에 그녀는 새삼 가슴이 벅차 왔다. 그런데도 그녀는 그 소년과 사귈 생각은 한순간도 해 본 적이 없다. 그렇게 되면 그녀는 온갖 시련을 겪게 되고, 상처만 입을 뿐 아무런 결실도 얻지 못하게 될 것이 뻔하기 때문이다.

한편으로는 매몰찬 대답을 하거나 아예 대답하지 않으면 그 불쌍한 소년이 얼마나 마음 아파할까, 하는 생각도 들었다. 최선책은 그녀가 반은 어머니 같은 심정으로 다정하게, 소년의 연정을 농으로 받아들이며 잘 타이르는 것이었으리라. 그녀 나이쯤 되면 소녀라도 이미 소년보다는 철이 더 들고 자신의 처지를 더 잘 알게 된다. 더욱이 자기가 호구지책을 스스로 마련해야 하는 하녀의 경우에는 라틴어 학교 학생보다 심지어 새내기 대학생보다도 훨씬 더 철이 들게 마련이다. 하물며 학생 쪽이 사랑에 빠져 판단력이 흐려졌을 경우는 두말할 나위도 없을 것이다.

번민에 빠진 그녀는 이틀 동안 아무런 결단을 하지 못한 채 망설이고 있었다. 단호하게 딱 잘라서 거절하는 것이 옳다고 생각하는 순간 마음이 흔들렸다. 소년을 사랑하는 것은 아니지만 그에 대해 동정 어린 호감은 지니고 있었기 때문이다.

그런 입장의 사람 대부분이 그러하듯이, 어떤 쪽으로 결정을 내리는 것이 현명한 일인지 심사숙고하다가 지쳐서 결론을 내리지 못하고 끝내 원점으로 돌아가고 만다. 자신의 결정을 실행에 옮길 순간이 왔는데도 그녀는 생각하고 결심했던 말을 한마디도 꺼내지 못하고, 카를 바우어와 마찬가지로 모든 걸 순간에 내맡겼다.

그녀가 카를을 만난 건 삼 일째 되던 날 밤이었다. 늦은 시각에 집 근처에 심부름을 가던 길이었다. 그는 머뭇거리며 예의 바르게 그녀에게 인사를 건넸다. 두 젊은이는 마주 섰지만 서로 무슨 말을 해야 할지 몰랐다. 티네는 사람들이 볼까 봐 겁이 나서 얼른 성문 입구로 뛰어갔다. 성문은 열려 있었다. 카를도 그녀를 따라 성문 쪽으로 달려갔다. 옆쪽 마구간에서 말이 발굽으로 땅을 파헤치는 소리가 들렸고, 어디선가 멀지 않은 마당 아니면 정원에서 어떤 풋내기가 기초 플루트 곡을 불고 있었다.

"저 사람 플루트 부는 소리 좀 들어 봐요!"

티네가 나직하게 말하며 어색하게 웃었다.

"티네!"

"네, 왜 그래요?"

"아, 티네……."

겁먹은 소년은 금발 소녀의 입에서 무슨 말이 나올지 두려웠지만, 그녀가 그렇게 심하게 화를 내고 있지는 않다는 생각이 들었다.

"너 정말 예뻐."

소년은 아주 작은 소리로 말하고는 이내 깜짝 놀랐다. 그녀에게 양해도 구하지 않고 말을 놓았기 때문이다.

그녀는 잠시 대답을 망설였다. 그러자 머릿속이 뒤죽박죽 하얗게 돼 버린 소년이 덥석 그녀의 손을 잡았다. 그가 어찌나 수줍어하던지, 꽉 잡았던 손마저 힘이 풀리며 어찌나 애원하는 눈빛으로 바라보던지, 그녀는 그를 나무랄 수가 없었다. 나무라기는커녕 그녀는 미소를 지으며 가련한 구애자의 머리를 다른 한쪽 손으로 다정히 쓰다듬었다.

"왜 화내지 않아?"

그가 매우 놀란 표정으로 물었다.

"아니야 얘, 꼬마야."

그녀가 다정하게 웃으며 말했다.

"하지만 나 빨리 가 봐야 해. 집에서 기다려. 소시지 가지러 왔단 말이야."

"나도 같이 가면 안 될까?"

"무슨 소리야, 안 돼! 먼저 집으로 가. 우리가 같이 있는 거 누가 보면 어쩌려고 그래."

"그러면 안녕, 티네."

"그래, 이제 빨리 가! 안녕."

그는 몇 가지 더 물어보고 부탁할 것도 있었으나, 이제 그 생각은 접고 흐뭇한 기분으로 그녀와 헤어졌다. 그는 포장도로가 부드러운 잔디밭이기라도 되는 것처럼 가볍고 편안하게 발길을 옮겼다. 햇볕이 강하게 내리쬐는 곳에서 갑자기 어두운 곳으로 들어온 사람처럼 눈앞이 캄캄한 게 아무것도 보이지 않았다. 그녀와 몇 마디 나누지는 못했는데 그녀에게 말을 놓았고 그녀도 그에게 말을 놓았으며, 손을 잡았는데 그녀가 그의 머리를 쓰다듬었다. 그것으로 그는 대만족이었다. 많은 세월이 흐른 후에도 이날 밤만 생각하면 행복감과 감사한 마음이 햇살처럼 눈부시게 그의 영혼을 가득 채웠다.

티네 또한 그날 밤을 떠올렸을 때 어떻게 일이 그 지경에 이르렀는지 이해할 수가 없었다. 그러나 그녀는 카를이 그날 밤 행복했으며, 그녀에게 감사하고 있다는 것을 확실하게 느낄 수 있었다. 또한 그녀는 그의 어린아이 같은 천진함도 잊지 않았다. 한마디로 그녀는 그날 일이 훗날 그렇게 큰 화를 불러오리라고는 생각지 못했다. 어쨌든 영리한 소녀는 이제부터 상사병에 걸린 소년에 대한 책임감을 느끼고, 풀리기 시작한 끈을 어떻게 하면 무리 없이 안전하게 다시 원래대로 감아 놓을 수 있을까 고심했다. 인간의 첫사랑이란, 그것이 아무리 성스럽고 값진 것이라 해도, 단지 일시적인 것이요, 이루어질 수 없다는 것을 그녀는 자신의 고통스러운 경험을 통해 익히 알고 있었다. 그런 경험을 한 게 그리 오래되지 않았던 터에, 그녀는 이 꼬마가 공연히 상처 입는 일 없이 이 국면을 돌파해 나가기를 기원했다.

다음 만남은 바베트의 모임에서 겨우 이루어졌다. 티네는 라틴어 학교 학생에게 친절하게 인사를 건네고, 자기 자리에 앉은 채 고개를 끄덕이며 다정한 표정으로 한두 번 미소도 보냈다. 그녀는 여러 차례 소년을 얘기에 끌어들이기는 했지만, 그 밖에는 예전과 다름없이 담담하게 그를 대했다. 하지만 그는 그녀가 미소를 지을 때마다 그것이 그녀의 소중한 선물이라고 생각했고, 그녀가 쳐다볼 때마다 그녀의 눈빛은 불꽃이 되어 그의 심장을 활활 불태웠다.

며칠 뒤 티네는 마침내 소년에게 분명하게 자기 의사를 전달하기로 결심했다. 방과 후 오후 나절이었는데, 카를이 또다시 그녀의 집 근처에 숨어서 그녀를 애타게 기다리고 있었다. 그녀는 소년의 그런 행동이 마음에 들지 않았다. 그녀는 작은 정원을 지나 집 뒤에 있는 목재 창고로 그를 데리고 갔다. 창고 안에는 톱밥 냄새와 마른 너도밤나무 냄새가 물씬 풍겼다. 그곳에서 그녀는 그를 앞에다 세우고 말했다. 무엇보다도 자기를 미행하고 숨어서 기다리는 짓을 삼가고, 그 나이 또래의 소년답게 행동하라고 따끔하게 타일렀다.

"넌 바베트 아줌마의 모임에서 매번 나를 만날 수 있어. 네가 원한다면 그때는 얼마든지 나와 동행해도 돼. 하지만 단 거기까지야. 다른 사람들과 함께 갈 때는 괜찮지만 그 이상은 안 돼. 단둘이는 안 된다는 얘기야. 다른 사람들 앞에서 조심하지 않고 함부로 행동하면 끝장나고 말아. 사방에 눈들이 있어. 어디서 연기만 나도 사람들은 불이야 하고 소리 지른단 말이야."

"그래, 하지만 난 네 애인인데……."

카를이 울먹이며 무언가를 상기시키려 하자 그녀가 웃었다.

"내 애인이라고? 그건 또 무슨 소리야? 바베트 아줌마나 고향에 계신 네 아버지에게 그 얘기 한번 해 봐. 아니면 너희 선생님께 말이야. 나도 너와 함께 있으면 얼마나 좋은지 몰라. 너와 좋은 관계를 유지하고 싶어. 하지만 내 애인이 되기 전에 넌 우선 너 스스로 설 수 있어야 하고, 의식주 문제도 스스로 해결할 수 있어야 해. 그렇게 되려면 아직도 한참 멀었어. 지금 너는 사랑에 빠진 학생일 뿐이야. 내가 너에게 호감이 없다면 이런 얘기 너한테 하지도 않았을 거야. 낙담하지 말고 기운 내. 그렇게 고개 떨어뜨린다고 달라지는 거 없어."

"그러면 나더러 어떻게 하란 말이야? 내가 싫은 거야?"

"오, 꼬마야! 그런 말이 아니야. 이성을 찾으란 말이지. 네 나이에 가질 수 없는 걸 원해서는 안 돼. 지금은 우리 그냥 좋은 친구로 지내자. 기다리다 보면, 그러니까 시간이 지나면 우리의 운명이 결정될 날도 오겠지."

"그럴까? 하지만 너한테 하고 싶은 말이 있는데……."

"무슨 말인데?"

"응, 그러니까, 그거 있잖아……."

"말해 보라니까!"

"저…… 나한테 키스 한 번 해 줄 수 있어?"

자신 없는 질문을 하는 소년이 얼굴을 붉히고 있었다. 그녀는 소년 특유의 예쁘장한 입술을 바라보다가 한순간 그의 소원을 들어줄까, 하는 생각도 들었는데 곧 그런 자신을 질책하고 금발 머리를 세차게 내저었다.

"키스라고? 도대체 그게 무슨 소리야?"

"그냥 한번 말해 봤어. 화내지 마."

"화가 난 건 아니지만, 너 너무 당돌하구나. 그 얘기는 나중에 다시 하자. 나를 안 지 얼마나 됐다고 키스하자는 거니! 그런 건 장난으로 하는 게 아니야. 내 말 새겨듣고, 일요일에 우리 다시 봐. 그날 또 바이올린 가져올 수 있겠지, 응?"

"그럼 물론이지."

그녀는 그를 보냈다. 소년은 약간 우울한 표정으로 생각에 잠겨 발길을 돌렸다. 그녀는 소년이 착실한 아이임을 다시 한번 확인하고, 소년에게 고통을 주어서는 안 되겠다고 생각했다.

티네의 경고가 카를에게 쓴 약이기는 했지만, 그는 그녀의 말에 수긍이 갔고, 그렇게 기분 나쁘게 생각되지도 않았다. 그는 사랑을 다소 달리 생각했고, 그래서 처음에는 꽤나 실망도 했지만, 곧 고금의 진리를 깨달았다. 받는 것보다 주는 것이 더 행복하고, 사랑을 받는 것보다 사랑을 주는 것이 더 아름답고 복되다는 진리를 터득한 것이다. 자신의 사랑을 숨기거나 부끄러워하지 않고 사랑을 인정하게 됨으로써 그는 기쁨과 자유를 얻게 되었으며, 지금까지의 보잘것없는 삶의 좁은 굴레에서 벗어나 보다 폭넓은 마음과 이상이 함께하는 고양된 세계로 들어서게 되었다.

하녀들의 모임이 있는 날이면 그는 매번 바이올린으로 몇 곡씩 연주했다.

"이건 오로지 너를 위한 연주야."

그는 연주가 끝나면 말했다.

"그것 말고는 달리 너한테 줄 게 없어. 너를 위해서 내가 해 줄 수 있는 게 없단 말이야."

✿ 경험이 지식을 형성하거나 깨달음으로 이어진다고 생각하나요?

봄이 가까이 오는가 했더니 어느새 봄이 성큼 눈앞에 다가왔다. 연둣빛 초원에는 노란 별꽃이 만발했고, 먼 산 숲은 청록색으로 흠뻑 물들었으며, 나뭇가지에는 파릇파릇 새잎이 돋았다. 철새들이 다시 돌아왔다. 주부들은 초록색 화분 받침대에 올려놓은 히아신스와 제라늄 화분을 창가에 내놓고, 남자들은 한낮이면 셔츠 차림으로 대문 앞에서 먹은 음식을 소화하고 있거나, 밖에서 공놀이할 수 있게 되었다. 젊은이들은 마음이 초조해지거나, 공연히 들뜨기도 하고, 사랑을 나누기도 했다.

녹음이 한창 우거진 강변 위로 대기가 푸른빛을 띠고 미소 짓는 어느 일요일이었다. 티네는 한 친구와 산책에 나섰다. 그들은 한 시간가량 멀리 떨어진 숲속의 옛 성터 에마누엘스 부르크로 가 볼 작정이었다. 그러나 그들이 동구 밖에 다다를 무렵, 떠들썩한 어떤 음식점 마당에서 음악 소리가 들려왔고, 둥그런 잔디밭에서는 음악에 맞춰 사람들이 한창 춤을 추고 있었다.

티네와 친구는 유혹을 느꼈는데 음식점을 그냥 지나쳤다. 그러나 발걸음이 느려지고 마음이 자꾸 그쪽으로 쏠렸다. 모퉁이를 돌 무렵 이미 멀어진 거리에서 달콤하고 은은하게 들려오는 음악 소리를 다시 들은 그들이 걸음을 더욱 늦추는가 하더니 드디어 걸음을 멈추고, 길 가장자리에 있는 목초지 울타리에 기대서서 음식점 쪽으로 귀를 기울였다. 잠시 후 다시 힘을 내 걸음을 옮기려 했으나 유쾌하고 감미로운 음악이 그들의 의지를 꺾고 끝내 발길을 되돌리게 했다.

"그렇게 오래된 에마누엘스부르크가 우리한테서 도망가는 일은 없을 거야."

티네의 친구가 말했다. 그들은 서로 위로하고, 얼굴이 발개져서 고개를 숙인 채 음식점 마당으로 들어섰다. 나뭇가지와 갈색 물이 오른 마로니에 나무의 새싹들 사이로 더욱 푸르게 웃고 있는 하늘이 보였다. 화창한 오후였다. 저녁이 되어 시내로 돌아오는 티네는 혼자가 아니었다. 건장하고 잘생긴 한 남자가 정중하게 그녀와 동행하고 있었다.

어여쁜 티네가 제 사람을 만난 것이다. 그는 목수 수습공으로 머지않아 대목이 될 사람이었으며, 결혼도 곧 할 수 있는 처지였다. 그는 사랑을 고백할 때는 넌지시 머뭇거리며 고백했지만, 자기의 입장과 미래의 전망에 관해 말할 때는 분명하고 거침이 없었다. 알고 보니 그는 티네가 모르는 사이에 이미 몇 차례 그녀를 지켜보면서 호감을 느꼈고, 일시적으로 그녀와 사랑놀이하려는 것도 아니었다. 그녀는 일주일에 걸쳐 매일 그를 만났다. 만날 때마다 그에 대한 그녀의 사랑도 깊어졌다. 두 사람은 이제 모든 걸 터놓는 사이가 되었으며, 서로 약혼에 합의했다. 그들은 친지 앞에서도 약혼한 사이로 통했다.

꿈결 같은 첫 흥분이 가라앉으면서 티네는 이제 조용하고 차분한 기쁨에 잠겼다. 이런 즐거움에 젖어 있는 동안 그녀는 모든 걸 잊고 지냈다. 그녀를 애타게 기다리는 저 가련한 학생 카를 바우어도 완전히 잊고 지낸 것이다.

그녀는 문득 그간 자기가 소홀히 했던 소년이 생각났다. 그녀는 미안한 마음이 들어 처음에는 그에게 얼마간은 새 소식을 전하지 않을 생각이었다. 그러나 한편으로 그렇게 하는 것이 합당하지 않다는 생각이 들었다. 곰곰이 생각할수록 일이 점점 더 풀기 어려워지는 것 같았다. 아무것도 모르고 있는 소년에게 사실대로 다 털어놓기가 미안했지만, 그래도 그렇게 하는 것이 최선책이라는 결론에 도달했다. 이제 비로소 그녀는 소년을 장난삼아 호의로 대한 것이 얼마나 위험한 짓이었는지를 깨달았다. 어쨌든 그녀는 소년이 다른 사람을 통해 자신의 새로운 남자관계를 전해 듣기 전에 무언가 조치해야 한다는 생각이 들었다. 그녀는 자기에 대한 나쁜 인상을 소년에게 심어 주고 싶지 않았다. 그녀는 자기가 소년에게 사랑의 맛을 알게 해 주었으며, 사랑의 싹을 심어 주었을 뿐 아니라, 배반당한 것을 알게 된 소년이 얼마나 상심할 것이며, 실연에 얼마나 깊은 상처를 입을지 어렴풋이나마 느낌이 왔다. 그녀는 소년과의 관계가 이토록 골치 아픈 결과를 가져오리라고는 미처 생각지 못했다.

고민 끝에 그녀는 바베트를 찾아갔다. 물론 바베트가 사랑 문제에 관한 전문가는 아니었지만, 라틴어 학교 학생을 아껴 주고 그를 잘 보살펴 주고 있기 때문이었다. 티네는 그녀로부터 야단맞는 한이 있더라도 사랑에 빠진 소년을 그냥 그렇게 혼자 내버려둘 순 없었다.

야단을 피해 갈 수는 없었다. 소녀의 이야기를 묵묵히 귀 기울여 듣고 난 바베트가 화를 내며 발로 땅을 찼다. 그녀는 엄청나게 격분해서 티네에게 호통을 쳤다.

"그걸 말이라고 하는 거야?"

그녀가 격렬하게 소리쳤다.

"한마디로 넌 그 애 바우어의 코를 꿰고 이리저리 흔들어 대면서 파렴치하게 그 애를 농락한 거야. 그거밖에 더 되니?"

"너무 야단치지 말아요, 바베트 아줌마. 제가 단순히 심심풀이로 그랬다면 아줌마한테 달려와서 이렇게 털어놓지도 않았을 거예요. 저한테도 그게 그렇게 가벼운 일이 아니었다고요."

"그랬다고? 그러면 이제 어떻게 할 생각인데? 뒤치다꺼리를 누구더러 하라는 거야, 응? 혹시 나더러? 아무튼 그 애가 걱정이다. 그 불쌍한 애가."

"그래요, 그 애 생각하면 저도 마음이 무척 아파요. 하지만 제 말 들어 보세요. 제가 이제라도 그 애를 만나서 모든 걸 털어놓겠어요. 발뺌할 생각은 전혀 없어요. 제가 원하는 건, 아줌마가 이 일을 알고 계시면 나중에라도 그 애가 괴로워할 때 아줌마가 위로를 좀 해 줄 수 있을 것 같아서 그래요. 그렇게 해 주실 수 있겠죠?"

"달리 뾰족한 수가 있겠니? 어리석은 것 같으니라고. 이번 일로 너도 배운 게 좀 있을 거다. 쓸데없는 짓, 하나님을 우롱한 짓에서 배운 게 많이 있을 거란 말이다. 그게 다 앞으로 네가 살아가는 데 도움이 될 거다."

이렇게 이야기를 나눈 끝에 바베트가 그날 당장 두 사람의 만남을 주선하기로 했다. 만남의 장소는 뒤뜰이었으며, 카를에게는 그들이 사전에 만났다는 말을 안 하기로 했다.

그날 저녁이 왔다. 조그만 뒤뜰 위에는 조각하늘이 엷은 금빛으로 물들어 있었다. 그러나 뒤뜰로 나가는 입구 구석은 어두컴컴해서 두 젊은이가 그곳에 있는 것이 눈에 띄지 않았.

"저, 너한테 말할 게 있어, 카를."

소녀가 입을 뗐다.

"오늘부터 우리는 만나면 안 돼. 이제 우리 관계를 끝내야 한다고."

"아니, 왜 그러는 건데…… 왜 그래야 해?"

"나 약혼자가 생겼어."

"약혼자가…….'

"진정하고 내 말부터 들어 봐. 그래, 넌 나를 좋아했어. 그런 너를 매정하게 뿌리친다는 것이 내겐 힘든 일이었어. 내가 너한테 진작 말한 적 있지. 나를 좋아한다고 내 애인이 될 수 있는 건 아니라고 말이야. 안 그래?"

카를은 대답이 없었다.

"안 그러냐고?"

"그래, 맞아."

"이제 우린 끝을 내야 해. 너도 너무 힘들어하지 마. 여자들은 길거리에 얼마든지 널려 있어. 여자가 나 하나밖에 없는 게 아니잖아. 그리고 난 너한테 어울리는 사람도 아니고. 넌 공부해서 훗날 훌륭한 인물, 어쩌면 의사가 될 사람이야."

"아니야, 티네. 그런 말 하지 마!"

"달리 어쩔 수 없어. 내가 너한테 또 한 가지 해 주고 싶은 말은, 첫사랑은 결코 이루어질 수 없다는 거야. 너같이 어린 나이에는 자신이 무얼 원하는지 아직 잘 몰라. 첫사랑이 성공하는 법은 없다니까. 훗날 어른이 되면 모든 게 달리 생각될 거야. 그땐 이게 잘못이란 걸 깨닫게 될 거야."

카를은 무슨 말을 하려고 했지만, 티네의 말에 이의를 제기할 게 많이 있었지만, 가슴이 너무 아파 아무 말도 할 수가 없었다.

"너 무슨 할 말이 있는 거야?"

티네가 물었다.

"오, 너, 넌 정말 몰라……."

"뭘 모른다는 거야, 카를?"

"아, 아무것도 아니야. 오, 티네. 내가 무슨 말을 해야 할지 모르겠어."

"아무 말도 하지 말고 그냥 마음을 차분히 가라앉혀. 그렇게 오래 걸리지는 않을 거야. 그때 가서 넌 일이 이렇게 마무리된 게 잘됐다는 생각이 들 거야."

"넌 그렇게 말하지만, 그래, 넌 그렇게 말하지만……."

"난 지금 순리를 말하고 있을 뿐이야. 지금은 네가 내 말을 믿지 않으려고 하지만, 훗날 넌 내가 진정 옳았다는 걸 깨닫게 될 거야. 미안해, 정말 미안해."

"미안하다고? ……티네, 나 아무 말도 하고 싶지 않아. 네 말이 백번 옳다고 치자……. 하지만 모든 걸 이렇게 갑자기 끝내는 법이 어디 있어, 모든 걸?"

그는 더 이상 말을 잇지 못했다. 티네는 들먹거리는 그의 어깨에 손을 얹었다. 그가 울음을 그칠 때까지 그녀는 그러고 있었다.

"내 말 들어."

그녀가 단호하게 말했다.

"너 정신 차리고 현명해지겠다고 나한테 약속해."

"현명해지기 싫어! 죽고 싶어, 차라리 죽고 싶단 말이야! 그러기보다는……."

"얘, 카를. 너 그런 말 함부로 하면 안 돼! 그래, 너 언젠가 나더러 키스 한 번 해 달라고 했었지, 기억나?"

"그래, 기억나."

"그러니까, 이제, 너 정신 차리면…… 그래, 난 나중에라도 네가 나를 나쁘게 생각하지 않길 바라. 우리가 서로 유감없이 헤어졌으면 좋겠어. 네가 정신만 차리겠다면, 그러면 오늘 내가 너에게 키스해 줄게. 그렇게 할래?"

  소년은 고개만 끄덕이면서 겸연쩍은 시선으로 그녀를 바라봤다. 그녀는 소년에게 바짝 다가가서 키스했다. 두 사람은 조용하고 밋밋한, 그러니까 순수한 뽀뽀를 주고받았다. 그리고 나서 그녀는 손을 내밀어 그의 손을 살짝 잡아 주고는 빠른 걸음으로 입구를 빠져나가 복도를 통해 사라졌다.

✿ 성숙하고 건강한 어른은 어떤 특성을 보이나요?

카를 바우어는 복도를 울리며 사라져 가는 그녀의 발소리를 들었다. 이어서 그는 집을 나간 그녀가 옥외 계단을 내려가 거리로 나서는 소리를 들었다. 그는 그 소리를 들었을 뿐, 생각은 다른 쪽을 향했다.

그는 골목에서 금발 머리 어린 하녀가 그에게 뺨을 때리던 겨울 저녁을 생각했다. 그는 뒤뜰로 나가는 입구 어두운 곳에서 한 소녀가 그의 머리를 쓰다듬어 준 이른 봄날 저녁을 생각했다. 그날은 세상이 마법에 걸린 듯 황홀했으며, 매일 보던 거리가 갑자기 천국같이 낯설고 찬란하게 보였다. 당시에 자신이 연주했던 바이올린 소리가 들려왔고, 저녁 무렵 교외에서 치러진 결혼식에서 먹었던 맥주와 케이크가 생각났다. 맥주와 케이크, 생각해 보면 어울리지 않는 우스꽝스러운 조합이었다. 그러나 그는 더 이상 기억을 더듬어 갈 수가 없었다. 그도 그럴 것이 그는 애인을 잃었고, 배반당하고, 버림받았기 때문이다. 물론 그녀가 그에게 키스해 주기는 했다……. 키스를…… 오, 티네!

그는 뒤뜰에 널려 있는 빈 궤짝 중 하나에 피곤한 몸을 얹었다. 그의 머리 위에는 네모난 작은 하늘이 붉게 물들다가 은빛을 띠더니 어느새 사라지고 한동안 죽음의 세계처럼 캄캄해졌다. 그 후 시간이 지나 휘영청 달이 밝아졌는데도 카를은 아직 궤짝 위에 그대로 앉아 있었다. 짧아진 달그림자가 그의 앞쪽 고르지 않은 포도 위에서 일그러진 검은 모습을 드러냈다.

어린 바우어는 울타리 너머로 몇 번 슬쩍 사랑의 나라를 엿보았을 뿐이지만, 이 곁눈질이 그가 여자로부터 사랑의 위안을 받지 못한 채 슬프고 덧없는 인생을 살게 했다. 그렇게 그는 공허하고 쓸쓸한 나날을 보내고 있었다. 일상생활에서 자신이 처리하고 수행해야 할 일과 의무를 남의 일인 양 소홀히 했다. 그의 그리스어 선생이 얼이 빠진 이 몽상가에게 여러 차례 주의를 주었지만 소용없었다. 성실한 바베트가 가져다준 맛있는 간식도 그에게는 효험이 없었고, 정성스레 들려주는 위로의 말도 그에게는 건성으로 들릴 뿐이었다.

길을 벗어난 학생을 다시금 공부의 길로, 이성의 굴레로 끌어들이기 위해서는 교장 선생의 엄중한 경고가 필요했다. 그는 방과 후에도 학교에 남아 있어야 하는 벌을 받았다. 그 결과 그는 마지막 학년에 와서 유급된다는 것이 얼마나 어리석고 원통한 일인가를 깨닫게 되었다. 점점 길어지는 초여름 저녁을 맞아 머리가 터지도록 공부에 열중했다. 이렇게 그는 치료되기 시작했다.

이따금 그는 티네가 살던 소금 골목을 찾아가 봤다. 하지만 이상하게도 그녀를 한 번도 만날 수 없었다. 그럴 만한 이유가 있었던 것이, 소녀는 카를과 마지막으로 이야기를 나눈 뒤, 혼수 준비를 하기 위해 고향으로 떠났기 때문이다. 그런 줄도 모르고 그는 그녀가 아직 그곳에 있으면서 일부러 그를 피하고 있다고 생각했다. 하지만 아무에게도 그녀에 관해 묻고 싶지 않았다. 심지어 바베트에게도 묻지 않았다. 그렇게 매번 헛걸음치고 집으로 돌아올 때면 그는 화가 나기도 하고 슬프기도 했다. 그럴 때마다 그는 난폭하게 바이올린을 켜 대거나, 아니면 작은 창문가로 다가가서 다닥다닥 늘어선 수많은 지붕을 물끄러미 내다봤다.

어쨌거나 그는 점차 안정을 찾아갔다. 그가 그렇게 되기까지는 바베트도 한몫했다. 그의 기분이 언짢은 기색이라도 보이면 그녀는 밤에 종종 그의 방으로 올라와 노크했다. 그러고는 방에 들어와 앉아서 오랫동안 그를 위로해 주었다. 그녀는 그가 고민하는 이유를 모르는 척했고, 티네에 관해서는 한마디도 꺼내지 않는 대신에 짤막하고 우스꽝스러운 얘기들만 들려줬다. 때로 그녀는 갓 담은 와인이나 곰삭은 와인을 반병씩이나 들고 와서 소년에게 바이올린으로 노래 한 곡조를 켜 달라기도 하고, 이야기책을 읽어 달라고도 했다. 그렇게 저녁이 평온하게 지나서 늦은 밤이 오면 바베트는 다시 내려갔다. 그런 날이면 카를은 안정을 되찾고, 어수선한 꿈을 꾸지 않고도 잠을 잘 수 있었다. 노처녀 바베트는 그의 방을 떠날 때마다 그에게 아름다운 밤이었노라고 매번 고마워했다.

상사병에 걸렸던 소년은 점차 예전의 컨디션을 되찾고 다시 명랑해졌다. 하지만 그는 티네가 종종 편지로 바베트에게 그에 대한 소식을 묻고 있다는 것은 모르고 있었다.

그는 이제 조금 어른스러워지고 성숙해졌다. 그간에 게을리 했던 학교 공부도 열심히 해서 뒤처진 성적도 만회했고, 일 년 전과 마찬가지로 매우 건강한 생활을 영위했다. 다만 도마뱀을 수집하는 일과 새를 기르는 일은 그만두었다. 졸업 시험을 앞둔 졸업반 학생들의 대화를 통해 그가 들은 멋진 대학 생활에 관한 얘기는 그를 유혹하기에 충분했다. 자기도 이 천국에 어지간히 가까이 다가섰다는 느낌이 들었다. 그는 여름 방학이 오기를 손꼽아 기다리기 시작했다. 그즈음 티네가 이미 오래전에 이 도시를 떠났다는 말도 바베트로부터 전해 들었다. 그에게는 마음의 상처가 아직 조금은 남아 있어서 건들면 아프기는 했지만, 거의 다 나아서 아물어 갔다.

그 후 아무 일이 일어나지 않았더라도 카를은 첫사랑의 추억을 아름답고 감사한 마음으로 고이 간직하며 영영 잊지 않았을 것이다. 그런데 그 추억을 마음에 더 깊이 새겨 둘 만한 조그만 사건이 하나 벌어졌다.

✿ 상실의 슬픔을 느낀 적이 있나요? 그때 상황과 감정은 어떠했나요?

여름 방학을 일주일 앞둔 그는 방학을 맞을 즐거움에 아직 여운을 남기던 사랑의 슬픔을 훌훌 털어 버리고 마음의 평안을 찾았다. 그는 벌써 짐을 꾸리고 묵은 노트들을 태웠다. 숲속 산책과 물놀이, 뱃놀이를 즐길 수 있고, 월귤과 햇사과를 맛볼 수 있고, 정한 데 없이 홀가분하게 이곳저곳을 유쾌하게 거닐 수 있는 날들이 다가온다는 생각에 그는 모처럼 기분이 날아갈 것 같았다. 그는 뜨겁게 달아오른 거리를 행복에 겨워 내달렸다. 티네에 관한 생각은 이미 며칠 전부터 까맣게 잊고 있었다.

그러던 어느 날 오후 체조 시간을 마치고 집으로 돌아오던 그는 소금 골목에서 뜻밖에 티네를 만났다. 깜짝 놀란 그는 가던 길을 멈추고 얼떨결에 그녀에게 손을 내밀며 목멘 음성으로 인사말을 건넸다. 황망한 가운데도 그는 그녀가 슬프고 당황스러워하는 표정을 읽을 수 있었다.

"어떻게 지내, 티네?"

그가 수줍어하며 물었다. 그는 그녀에게 예전처럼 계속해서 말을 놓아야 할지 아니면 존대해야 할지 얼른 판단이 서지 않았다.

"별로 잘 지내지 못해. 함께 좀 걸을래?"

그는 발길을 돌려 그녀와 함께 천천히 걸었다. 문득 예전에 그녀가 자기와 함께 걷는 걸 무척이나 꺼렸던 기억이 떠올랐다. 물론, 이 여자는 이제 결혼한 여자라는 생각이 들었고, 무슨 얘기이고 해야겠기에, 그녀의 신랑에 관한 안부를 물었다. 그러자 그녀는 애처롭게 어깨를 들먹이며, 신랑도 고통을 받고 있다고 말했다.

"아무 얘기도 전해 듣지 못했나 보네?"

그녀가 나직하게 말했다.

"그이 병원에 누워 있어. 어쩌면 죽게 될지도 모른대⋯⋯. 왜냐고? 신축 건물 공사장에서 일하다 실족했는데, 어제부터는 의식도 잃었어."

말없이 두 사람은 계속 걸었다. 카를은 무언가 얘기를 해야 했지만 아무 생각이 나지 않았다. 지금 이렇게 그녀와 함께 나란히 길을 걸으면서 그녀를 가엾게 여겨야 하는 상황이 그에게는 마치 불안한 꿈을 꾸는 것 같았다.

"지금 어디로 가는 건데?"

침묵이 참기 어려웠던 그가 이렇게 물었다.

"다시 그이한테 가는 길이야. 나도 몸이 안 좋으니까, 점심 때는 나가서 좀 쉬라고 했어."

그는 병원까지 그녀를 바래다주었다. 병원은 조용하고 큰 건물이었으며, 울타리를 친 정원과 키 큰 나무들 사이에 있었다. 그는 가볍게 전율하면서 그녀와 함께 넓은 계단을 올라가 깨끗이 정돈된 복도로 들어섰다. 그곳에 가득 찬 소독약 냄새가 그의 가슴을 짓누르며 그를 소심하게 만들었다.

입원실 앞에 도착한 티네는 번호가 매겨진 한 병실 문을 열고 혼자 들어갔다. 그는 조용히 복도에서 기다렸다. 그런 병원 건물에 와 보기는 처음이었다. 밝은 회색 칠을 한 저 문 뒤에 숨겨진 숱한 공포와 고통을 떠올리자 그는 두려움에 온몸이 떨려 왔다. 티네가 다시 나올 때까지 꼼짝할 수가 없었다.

"상태가 좀 좋아졌대. 어쩌면 오늘 중으로 깨어날지도 모른대. 그럼 잘 가, 카를. 난 안에 들어가 봐야 해. 오늘 고마웠어."

그녀가 조용히 다시 안으로 들어가 문을 닫았다.

카를은 멍청한 시선으로 문에 달린 17이란 숫자를 수없이 되뇌었다. 이상하게도 흥분이 가라앉지 않은 채 그는 그 으스스한 건물을 빠져나왔다. 얼마 전까지만 해도 유쾌했던 기분이 싹 가시고 말았다. 그는 지금 예전의 짝사랑으로 마음이 아픈 것은 아니었다. 사랑의 고통을 겪은 그의 마음은 보다 원대한 자긍심과 폭넓은 체험으로 채워져 있었다. 그의 실연의 고통은 티네가 겪는 불행에 비하면, 옆에서만 보아도 끔찍한 그 불행에 비하면, 하찮고 우스꽝스러울 뿐이었다. 그는 문득 깨달았다. 자기가 결코 특별히 예외적으로 애꿎은 운명을 타고난 것이 아니라는 사실과 그가 행복하다고 생각했던 사람들도 운명의 굴레로부터 결코 벗어날 수 없다는 사실을.

그 밖에도 카를은 더 유익하고 더 중요한 것을 배우게 되었다. 다음 날부터 그는 자주 그 병원을 찾았다. 그에게도 이따금 환자의 면회가 허용되었을 무렵, 그는 다시 한번 아주 새로운 것을 경험하였다.

그는 냉혹한 운명에 처했다고 자포자기해서는 안 된다는 것과 가냘프고 겁 많고 힘없는 인간도 그러한 운명을 얼마든지 극복하고 이겨 낼 수 있다는 것을 배웠다. 불행을 당한 티네의 신랑이 중병 환자나 불구가 되어 더없이 비참한 삶을 연명하게 될지도 모를 일이었다. 그러나 카를 바우어는 그 불쌍한 두 사람이 이러한 근심 걱정을 넘어서 풍요한 사랑을 누리는 걸 보았으며, 지치고 걱정에 시달리는 티네가 꿋꿋하게 살아가면서 빛과 기쁨을 자기 주위로 확산시키고 있음을 보았다. 고통에 시달리면서도 중환자의 파리한 얼굴이 감사의 밝은 빛을 띠고 있음을 보았다.

그는 이미 방학이 시작되었는데도 티네가 등을 떠밀 때까지도 며칠간 그곳에 더 머물렀다.

병실 앞 복도에서 그는 그녀와 작별 인사를 했다. 이번에는 예전에 쿠스터러 상점의 뜰에서와는 다른, 아름다운 작별 인사였다. 그는 간단하게 그녀와 악수만 나누고, 묵묵히 감사를 전했다. 그녀는 눈물을 글썽이며 고개를 끄덕였다. 그는 그녀의 행복을 빌었으며, 자기도 언젠가 성스러운 사랑을 하고, 더도 덜도 말고 이 가련한 남녀만큼만 사랑받을 수 있기를 기원했다.

✿ 행복한 결혼을 위한 조건은 무엇이라고 생각하나요?

✿ 삶의 시련과 고난은 인생에서 어떤 의미를 가지나요?

나를 만나는 기적의
명작 필사 2
라틴어 학교 학생

초판 1쇄 2025년 4월 10일 | 지은이 헤르만 헤세 | 옮긴이 임호일 | 펴낸이 황미숙 | 편집 책임 황연정 | 편집 디자인 진보배 | 발행처 산나북스 | 이메일 sannabooks@naver.com | 출판 등록 제2023-000005호 | ISBN 979-11-987161-5-6 (03850) | 값17,000원 | 잘못된 책은 바꾸어 드립니다.